阿清厨艺创作室　编著

U0133124

时尚糖水屋

时尚健康
果蔬汁

Shishang Jiankang

Guoshuzhi

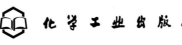

化学工业出版社

·北京·

内容提要

本书为《时尚糖水屋》中的一册。

本书介绍了80余款不同口味、不同营养成分的果蔬汁，原料简单，制作方便，品种多样。既适于糖水屋的经营，又可按个人喜好居家制作。

本书的读者对象为糖水屋经营者及普通大众。

图书在版编目（CIP）数据

时尚健康果蔬汁/阿清厨艺创作室编著. —北京：化学工业出版社，2009.1
（时尚糖水屋）
ISBN 978-7-122-03601-8

Ⅰ.时… Ⅱ.阿… Ⅲ.①果汁饮料-制作②蔬菜-饮料-制作
Ⅳ.TS275.5

中国版本图书馆CIP数据核字（2008）第131240号

责任编辑：王蔚霞　　　　　　　　装帧设计：王晓宇
责任校对：凌亚男

出版发行：化学工业出版社（北京市东城区青年湖南街13号　邮政编码100011）
印　　刷：北京彩云龙印刷有限公司
装　　订：三河市万龙印装有限公司
720mm×1000mm　1/16　印张6　字数110千字　2009年1月北京第1版第1次印刷

购书咨询：010-64518888（传真：010-64519686）　　售后服务：010-64518899
网　　址：http://www.cip.com.cn
凡购买本书，如有缺损质量问题，本社销售中心负责调换。

定　　价：25.00元

果蔬汁是采用新鲜的水果或蔬菜加入一些辅助调料，制作出的绿色饮品，它可以补充人体所需的维生素、矿物质、纤维素和水分等。

现在市面上出售的果蔬汁品种繁多，按理说果蔬汁应该是以百分之百的天然果蔬汁制作而成的，但在许多情况下需要添加辅料，以改善饮品的口味或功效，如梅干、小麦胚芽、葡萄干、蛋白质、钙、蜂蜜、红糖、冰糖等。

果汁的品种繁多，有纯果汁的，也有与蔬菜混合的果汁。与其单独使用一种水果汁，不如多种类混合，以增加其营养素的含量。蔬菜汁，最常用的莫过于以蔬菜叶来榨汁了。在榨汁前要仔细地将蔬菜清洗干净，一些蔬菜品种，如菠菜，可以洗净直接榨汁或先煮熟晾凉后再进行榨汁。

果蔬汁有热饮与冷饮两种：西瓜汁、胡萝卜汁、橙子汁等，冷饮不但口感好，而且还是保鲜果汁的一种好方法。而南瓜玉米汁、香芋汁、菠菜汁等，热饮香浓味美，营养更易吸收。

本书总结了80余款不同口味、不同营养成分的果蔬汁，原料简单、制作方便、品种多样，既适于糖水屋的经营，又可按个人喜好居家制作。

值本书即将出版之际，感谢"阿清厨艺创作室"的贾中一、贾贵玉、季必青、季红霞、李楚新、申晓飞、王文超、李广明、苏金海、邱卫华、卢庆河等全心投入参与制作。虽经努力，但书中仍可能有不足之处，请读者提出宝贵建议，真诚地表示感谢。

喻成清

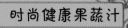

时尚糖水屋　　时尚健康果蔬汁

目录 CONTENT

目录 CONTENT

一　制作果汁的原料

西瓜　西瓜汁多，清爽解渴，是盛夏佳果。西瓜几乎含有人体所需的各种营养成分，又不含脂肪和胆固醇，赞称"瓜中之王"。

木瓜　又名乳瓜、番瓜，果皮光滑，甜美可口，营养丰富，有"百益之果"、"万寿瓜"的雅称，是岭南四大佳果之一。有健脾消食作用。木瓜蛋白酶，可以将脂肪分解为脂肪酸。木瓜有利于人体对食物进行消化及吸收。有护肝降酶、消炎、降低血质、软化血管，对女士有美容养颜、减少皱纹等作用。

苹果　苹果中含有葡萄糖、果糖、蛋白质、脂肪、维生素C、维生素A、维生素E、磷、钙、锌、钾、钠及苹果酸、柠檬酸、酒石酸等。苹果所含的营养既全面又易于被人体消化吸收，所以非常适于婴幼儿、老年人和病人食用。

樱桃　樱桃属于蔷薇科樱桃属落叶果树。我国作为果树栽培的樱桃有中国樱桃、甜樱桃、酸樱桃和毛樱桃。樱桃成熟期早，有早春第一果的美誉，果实营养丰富，含铁量高，可促进血红蛋白再生，对贫血患者有一定的补益作用。果实性温、味甜、有调中益脾、调气活血、平肝祛热之功效。

黄瓜　黄瓜的含水量高达96%至98%，是瓜果中含水量最高的，同时，黄瓜所含的纤维素也非常丰富，能够促进人体肠道蠕动，达到通利大便、排毒养颜的功效。黄瓜还可以减肥，因为黄瓜中含有一种叫丙醇二酸的物质，可抑制人体内糖类转化为脂肪。据研究，丙醇二酸无毒副作用，因此，黄瓜被医药营养学家们称为良好的天然减肥食品。

哈密瓜　哈密瓜又叫甜瓜、甘瓜、主要产于新疆，甘肃等地，是中外驰名的珍果，有"瓜中之王"的美称。含糖量很高，形态各异，风味独特，不同的品种有不同的口味，有奶味、柠檬味，但都味甘如蜜，香气浓郁，瓜肉有青色和橙黄色，甜润多汁。哈密瓜性偏寒，具有疗饥、利便、益气清肺止咳的功效。

芒果 别名叫庵波罗果、檬果、蜜望子、香盖。含有大量的蛋白质、脂肪、碳水化合物。益胃止呕，解渴利尿，对口渴咽干、食欲不振、消化不良、咳嗽多痰、气喘有功效。

草莓 草莓含有大量的维生素C，这些丰富的维生素C可以抑制黑色素的增加，帮助防止雀斑、黑斑的形成，还可以增加抵抗力，预防伤寒感冒。

橙子 橙子分酸、甜两种。酸橙又称缸橙，味酸带苦，不宜食用。甜橙果实为球形，上下稍扁平，表面光滑，未成熟前是青色，成熟后变黄色。含有较多的维生素C、苹果酸、琥珀酸、糖类、胡萝卜素。可以帮助开胃解渴、通便、治疗器官炎等。

菠萝 是一种亚热带水果。菠萝含有丰富的脂肪、蛋白质、维生素及钙、磷、铁、胡萝卜素。可以治疗中暑、肾炎、大便秘结、高血压、支气管炎等。

雪梨 雪梨含有矿物质及维生素C，西红柿含有胡萝卜素及维生素，常吃雪梨可以促进人体新陈代谢。

香蕉 香蕉含有三种天然糖分：蔗糖、果糖、葡萄糖。香蕉可以治疗忧郁症、贫血、高血压等功效。

胡萝卜 胡萝卜含有蛋白质、脂肪、糖类胡萝卜素、维生素C及矿物质。胡萝卜味甘，性平，有健脾和胃、补肝明目、清热解毒、壮阳补肾、降气止咳等功效。

西红柿 西红柿维生素P含量居蔬菜之冠。维生素P的作用很大，可减少血管脆性，降低血管通透性，防止瘀伤；增强维生素C的活性，维持结缔组织健康；防止维生素C被氧化而受到破坏；增加维生素C的效果；增加对传染病的抵抗力；有助于牙龈出血的预防和治疗；有助于对因内耳疾病所引起的浮肿或头晕的治疗；预防脑溢血、视网膜出血、紫癜等疾病。

西红柿中的番茄红素（胡萝卜素的一种），具有独特的抗氧化能力，可以清除人体内导致衰老和疾病的自由基；预防心血管疾病的发生；阻止前列腺的癌变进程，并有效地减少胰腺癌、直肠癌、喉癌、口腔癌、乳腺癌等癌症的发病危险。

多吃西红柿还具有抗衰老作用，使皮肤保持白皙。

生菜 生菜有杀菌、消炎和降血糖的作用，还可以补脑。生菜含有丰富的维生素，具有防止牙龈出血及维生素C缺血等功效。

芹菜 芹菜的营养丰富，因而自古以来深受人们的青睐，含有大量的蛋白质、钙、铁、磷、维生素比一般的果蔬含量高几倍。

猕猴桃 又叫奇异果、毛桃，古称滕梨。维生素C含量在水果中名列前茅，被誉为"维C之王"。多食猕猴桃有助于脑部活动，促进心脏健康，帮助消化，防止便秘。猕猴桃甘酸性，能够清热解烦。

杨桃 杨桃又叫五棱子、羊桃等。杨桃中的糖类，维生素C及有机酸含量丰富，且果汁充沛，能迅速补充身体水分，生津止渴，消除疲劳。大量的草酸、柠檬酸、苹果酸等，能提高胃液的酸度，促进食物消化。胡萝卜素、糖类、有机酸、维生素B、维生素C等，可以消除咽喉炎症及口腔溃疡，防治风火牙痛等。还有降低血脂、降低血糖、胆固醇的作用，对高血压、支脉硬化等血管疾病有预防作用。

苦瓜 又叫癞瓜、凉瓜，具有特殊的苦味。它含有铬和类似胰岛素的物质，有明显的降血糖作用。可以促进糖分解，使过剩的糖分转化为热量，还可改善体内的脂肪平衡。苦瓜有一种独特的维生素B17和生理活性蛋白质，经常食用可以提高人体免疫功能，可防癌及消暑解热。

油菜　油菜含有丰富的钙、铁和维生素C、胡萝卜素，是 人体黏膜及上皮组织维持生长的重要来源，对于抵御皮肤过度角化大有裨益。有美容效果，还可以促进血液循环、散血消肿等。

柠檬　又叫洋柠檬、益母果等，含有烟酸和丰富的有机酸，其味道极酸。柠檬汁有强大的杀菌作用，对食品卫生很有好处。柠檬有香气，能解除肉类、水产的腥膻之气，并能使肉质更加细嫩。能预防和治疗高血压和心肌梗死，提高凝血功能及血小板数量作用。此外还是美容的天然佳品，能防止和消除皮肤色素沉着，有美白作用。

人参果　又名长寿果、凤果、艳果。是一种高营养水果。果肉清香汁多、腹内无核、风味独特、具有高蛋白，低脂肪、低糖等特点，含有丰富的维生素C，锌元素含量最高，并含有蛋白质、脂肪、糖类、铜、钾、镁等。有抗衰老、抗肿瘤、降低血糖、稳定血压、强心、益智、减肥、提高免疫功能及增白美容功能。

二 常用工具及配料

榨汁机

提示:

    此款榨汁机简单方便,容易清洗,方便操作,功能齐全,同时又分隔渣杯及直接榨汁杯。本书制作方法中没有特别提示的,均为不去渣直接榨汁。读者也可以根据自己的需要选择榨汁的方法。

水果刀

冰糖

砂糖

蜂蜜

三　时尚健康果蔬汁实例

原　　料：胡萝卜100克、冰糖5克，芹菜50克，柠檬1/4个，提子5克，矿泉水50克。

制作方法：（1）将胡萝卜、芹菜、提子一起清洗干净。

（2）把洗净的胡萝卜及芹菜，切成大小均匀的块状，方便放入榨汁机中。

（3）将切好胡萝卜、芹菜和干净的提子、冰糖及矿泉水一起放入在榨汁机中。然后开启榨汁机榨制5分钟后，把榨好的果汁盛入果汁杯中，挤入柠檬汁即可。

提　　示：胡萝卜及芹菜也可以采取无渣式榨汁，果汁的颜色鲜艳很多，果汁的口感也会更好。

1 胡萝卜芹菜汁

原　　料：苹果100克，蜂蜜5克，油菜30克，冰块两粒，柠檬1/2个，矿泉水50克。

制作方法：（1）先将苹果及油菜叶清洗干净待用。

（2）把苹果去皮、去核切成块状，去油菜根秆部分保留菜叶，切成均匀大小的块状。

（3）将苹果块、油菜叶、蜂蜜、冰块、矿泉水一起放入榨汁机中，开启榨汁机5分钟，把榨好的果汁盛入果汁杯中，挤入柠檬汁即可。

提　　示：
此果蔬汁是将油菜叶直接榨汁，有一些生蔬菜的青味，如不习惯这种味道的，也可以把油菜叶煮熟晾凉后榨汁。

2 苹果油菜汁

原　　料：草莓100克，牛奶50克，冰糖5克，蛋白液1个，冰块2粒。

制作方法：（1）将草莓去蒂，清洗干净，再切成片状待用。

（2）将牛奶、蛋白液、冰块一起放入榨汁机中，开启榨汁机3分钟即可。

（3）把榨好的奶昔盛入杯中，加入草莓片与冰块即可。

特　　点：牛奶及蛋液含有丰富的蛋白质，结合新鲜的草莓一起饮用，香滑爽口、营养丰富。

3 草莓奶昔汁

原　　料：牛奶100克，蜂蜜10克，香橙100克，冰块2粒。

制作方法：（1）先把香橙洗净去皮，切成均匀的大小块。

　　　　　　（2）把橙子块、牛奶、蜂蜜一起放入榨汁机中，开启榨汁机3

　　　　　分钟后，将榨好的果汁盛杯中，加入冰块即可。

特　　点：
清香爽口，营养
丰富，是夏季的
上佳饮品。

4 香橙牛奶汁

原　　料：青枣100克，苹果30克，矿泉水50克，冰块2粒，冰糖5克。

制作方法：（1）将青枣、青苹果清洗干净待用。

（2）把干净的青枣、青苹果去皮，去核，切成均匀的大小块。

（3）将青枣、青苹果块，冰糖、冰块、矿泉水一起放入榨汁机中，开启榨汁5分钟后，将榨好果汁盛入杯中即可。

提　　示：

此果汁含有碳水化合物、柠檬酸、胡萝卜素、维生素B、维生素C，有补心益气、生津止咳等功能。

5 青枣青苹果汁

原　　料：草莓50克，牛奶100克，冰糖5克，冰块两粒。

制作方法：（1）将草莓去蒂，清洗干净待用。

（2）把草莓 、牛奶、蜂蜜一起放入榨汁机中，开启榨汁机5分钟后，把榨好的果汁盛入果杯中，加入冰块，加上草莓片点缀即可。

特　　点：
清凉可口，果香奶滑，营养丰富。

草莓牛奶混合汁

原　　料：番薯100克，矿泉水50克，柠檬1/2个，冰块两粒，冰糖10克。

制作方法：（1）将番薯清洗干净，去皮切成均匀的块状。

（2）将番薯块、矿泉水、冰糖一起放入榨汁机中，开启榨汁机5

分钟后，把榨好的果汁盛入杯中，加入冰块，挤入柠檬汁即可。

特　　点：

口感爽甜，清热

解暑。

7 番薯汁

原　　　料：雪梨100克，柠檬1/3个，冰块两粒，香芹20克，蜂蜜10克，矿泉水50克。

制作方法：（1）将雪梨及香芹清洗干净待用。

（2）将雪梨去皮、去核切成均匀的小块，香芹切成段。

（3）把雪梨块、香芹段、蜂蜜、矿泉水一起放在榨汁机中，开启榨汁机5分钟后，将榨好的果汁盛入杯中，加入冰块即可。

特　　　点：
梨含有大量的维生素及矿物质，同芹菜一起榨汁，可以除去芹菜独特的腥味，清凉可口、营养丰富。

8　雪梨香芹汁

原　　料：葡萄100克，冰糖10克，矿泉水50克，红豆50克，冰块2粒。

制作方法：（1）先将红豆提前半天用水泡开，用锅煮熟，然后冷凉待用，再把葡萄清洗干净。

（2）将煮熟的红豆及干净葡萄、冰糖、矿泉水一起放入榨汁机榨5分钟后，将榨好的果汁盛入杯中，加入冰块即可。

提　　示：
此果汁味道酸甜可口，可以开脾健胃，助消化。

9 葡萄红豆汁

原　　　料：苹果50克，雪梨50克，荷兰芹15克，生菜15克，柠檬1/2
个，蜂蜜15克，冰块2粒，矿泉水50克。

制作方法：（1）先将苹果、雪梨、荷兰芹、生菜一起清洗干净。

（2）把苹果、雪梨去皮、去核，与洗净的荷兰芹、生菜一起切
成均匀的小块。

（3）将切好的水果及蔬菜块、蜂蜜、矿泉水一起放入榨汁机，
开启榨汁机5分钟即可，把榨好的果汁盛杯中，加入冰块，挤入
柠檬汁即可。

特　　　点：
此果汁含有大量的
果糖及丰富的维生
素、蛋白质，钙、
铁、磷等。

10 果蔬混合汁

原　　料：胡萝卜100克，汽水1听，冰块粒，柠檬1/4个。

制作方法：（1）先把胡萝卜洗净，切成块状。

（2）把胡萝卜与汽水加入榨汁机中，榨汁5分钟即可，然后再把榨好的果汁盛入杯中，加入冰块，再挤上柠檬汁即可。

特　　点：
此果汁中的胡萝卜可以去渣方式制作，颜色鲜艳，口感甘甜，具有清凉解渴的作用。

提　　示：
汽水有很多品种，比如雪碧、芬达等，可根据个人口味选择。

11

胡萝卜碳酸饮料

原　　料：青枣100克，柠檬1/4个，雪梨50克，蜂蜜10克，冰块3粒，矿泉水50克。

制作方法：（1）先将青枣、雪梨一起清洗干净待用。

（2）将青枣、雪梨去皮、去核，然后切成均匀的小块。

（3）把青枣、雪梨块、蜂蜜、冰块一起放入榨汁机中，开启榨汁机5分钟后，把榨好的果汁倒入杯中，然后再挤入柠檬汁即可。

特　　点：
此款果汁含有大量的维生素及矿物质，清爽可口，对便秘患者，具有通肠顺便作用。

12 青枣雪梨汁

原　　料：番薯100克，蜂蜜10克，葡萄50克，冰块2粒，胚芽5克、矿泉水50克。

制作方法：（1）先将番薯、葡萄清洗干净，把番薯切成块状用锅煮熟。

（2）把熟的番薯块、葡萄、胚芽、蜂蜜、矿泉水一起放入榨汁机中，然后开启榨汁机5分钟。将榨好的番薯汁盛入杯中，加入适量的冰块即可。

提　　示：此果汁酸甜适中，有番薯的香滑和葡萄的酸甜，适宜在餐前饮用，开胃爽口。

13 番薯葡萄汁

原　　　料：胡萝卜50克，蜂蜜10克，苹果50克，矿泉水50克，哈密瓜
　　　　　　20克，冰块2粒。

制作方法：（1）先将胡萝卜、苹果及哈密瓜清洗干净。

　　　　　　（2）将苹果、哈密瓜去皮，去核，去籽，和胡萝卜一起切成均
　　　　　　匀的块状。

　　　　　　（3）把苹果、哈密瓜、胡萝卜块、蜂蜜、矿泉水、冰块，一起
　　　　　　放入榨汁机中，开启榨汁机5分钟。将榨好的果汁盛入杯，挤入
　　　　　　柠檬汁即可。

提　　　示：

此果汁含有蛋白质、脂肪、胡萝卜素、果糖、维生素C、维生素A、维生素E，经常饮用可以补充身体所需的营养及水分。

14　胡萝卜苹果汁

原　　料：牛奶50克，木瓜50克，薄荷叶2片，蜂蜜10克，冰块2粒，
矿泉水50克。

制作方法：（1）将木瓜清洗干净去皮、去籽，薄荷叶清洗干净。

（2）把木瓜切成均匀的小块，同薄荷叶、牛奶、蜂蜜、冰块、
矿泉水一起放入榨汁机中，开启榨汁机3分钟后，把榨好的果汁
盛入杯中，挤入柠檬汁即可。

特　　点：
木瓜含有维生素，
牛奶含有大量的
蛋白质，两者一
起榨汁，营养丰
富、口感鲜美，
有润肤养颜的美
容功效。

15 牛奶木瓜汁

原　　料：葡萄50克，优酸乳100克，蜂蜜10克，冰块2粒。

制作方法：（1）先将葡萄去蒂，清洗干净待用。

（2）把葡萄、优酸乳、蜂蜜一起放入榨汁机中，然后开启榨汁

机5分钟，把榨好的果汁盛入杯中加入适量的冰块即可。

特　　点：
此果汁酸甜可口，
营养丰富，有缓解
疲劳、促进肠胃吸
收作用。

16 葡萄优酸乳

原　　料：西红柿100克，苹果50克，柠檬1/3个，冰糖10克，冰块2粒，矿泉水50克。

制作方法：（1）将西红柿用开水烫片刻，撕去表皮，苹果去皮、去核。

（2）把干净的苹果及西红柿切成均匀的小块，同冰糖、冰块一起放入榨汁机中，然后开启榨汁机5分钟，将榨好的果汁盛杯中，挤入柠檬汁即可。

特　　点：苹果、西红柿含有大量的维生素A、维生素B，酸甜适中，清凉爽口，可增加食欲，促进肠胃消化。

17 西红柿苹果汁

原　　料：木瓜100克，柠檬1/2个，冰矿泉水50克，蜂蜜10克。

制作方法：（1）将木瓜劈开为4块，去皮、去籽，切成均匀的小块。

（2）把柠檬挤出汁，与木瓜块、冰水、蜂蜜一起放入榨汁机中，榨汁3分钟，把榨好的果汁盛入杯中即可。

特　　点：
木瓜含有蛋白质分解素，对胃弱的人，在吃过量的肉食后，饮用此果汁可以帮助肠胃消化。

18　木瓜柠檬汁

原　　料：雪梨100克，冰块2粒，西红柿50克，柠檬1/3个，冰糖10克，矿泉水50克。

制作方法：（1）把西红柿用开水烫片刻，撕去表皮，雪梨清洗干净，去皮、去核。

（2）把西红柿和雪梨切成均匀的小块，同冰糖、冰块、矿泉水一切放入榨汁机杯中，然后开启榨汁机5分钟，将榨好的果汁盛入杯中，挤入柠檬汁即可。

特　　点：雪梨含有矿物质及维生素C，西红柿含有胡萝卜素及维生素，可以在餐后饮用，便于身体吸收果汁的营养成分。

19 雪梨西红柿汁

原　　　料：生菜100克，蜂蜜10克，冰块2粒，柠檬1/3个，苹果50克，
矿泉水50克。

制作方法：（1）将生菜清洗干净，苹果去皮、去核。

（2）把苹果切成均匀的块状，生菜切成条状，同蜂蜜、冰块、
矿泉水一起放入榨汁机中，然后开启榨汁机5分钟，将榨好的果
汁盛入杯中，挤入柠檬汁即可。

特　　　点：
生菜的清香和苹果
的香甜结合在一
起，不但口感好，
而且有维生素、果
糖、蛋白质等丰富
的营养成分，制作
此果汁方便快捷，
身体容易吸收。

20　生菜苹果汁

原　　料：胡萝卜100克，柚子50克，紫苏叶少许，橙子1/2个，冰糖10克，矿泉水50克。

制作方法：（1）将胡萝卜清洗干净，把柚子去皮、去籽。

（2）把胡萝卜切成大小均匀的块状，同柚子肉，紫苏叶、冰糖一起放入榨汁机中，加入矿泉水，然后开启榨汁机5分钟，把榨好的果汁倒入果汁杯中，挤入橙子汁即可。

特　　点：胡萝卜含有大量的维生素C，与苹果中的果胶融合在一起食用，可以促进肠胃消化。

21 胡萝卜柚子汁

原　　　料：鲜葛100克，牛奶50克，蜂蜜10克，冰块2粒，矿泉水50克。

制作方法：（1）将鲜葛去皮清洗干净、切成大小均匀的块状。

（2）把鲜葛块、蜂蜜、牛奶、矿泉水、冰块一起放入榨汁机杯中，然后开启榨汁机10分钟。将榨好的果汁倒入杯，用西红柿片作装饰即可。

提　　　示：

鲜葛肉质粗，榨汁时可以采用去渣的方法进行榨汁，这样口感会更好。

22　鲜葛牛奶汁

原　　料：苹果100克，优酸乳50克，冰糖5克，冰块2粒，柠檬1/3个。

制作方法：（1）先将苹果清洗干净去皮、去核，切成均匀的小块。

（2）将苹果块、优酸乳、冰糖一起放入榨汁机中，然后开启榨汁机5分钟，把榨好的果汁倒入杯中，加入冰块，用草莓片点缀即可。

特　　点：苹果中含有果胶，可以促进肠部蠕动，乳酸菌可以帮助肠胃消化吸收，也有清肠护胃作用。

23　优酸乳苹果汁

原　　料：西红柿100克，鲜柚50克，柠檬1/3个，蜂蜜15克，矿泉水50克。

制作方法：（1）将西红柿用开水烫片刻，然后撕去表皮，剥去柚子的皮、去籽，留出柚肉待用。

（2）把西红柿切成块状，同柚肉、蜂蜜一起放入榨汁机，然后开启榨汁机5分钟。把榨好的果汁倒入果汁杯中，挤入柠檬汁即可。

提　　示：
根据个人的需要控制榨汁时加入矿泉水的量以调节果汁的浓度。柚含有大量的维生素C，是日常生活中不可缺少的微量元素。

24 鲜柚西红柿汁

原　　料：牛奶100克，柠檬1/3个，菠菜50克，冰块2粒，蜂蜜10克。

制作方法：（1）先将菠菜清洗干净，放入锅中煮熟，再用冷水冲凉，切成段状。

（2）将菠菜段、牛奶、蜂蜜、冰块一起放入榨汁机中，然后开启榨汁机5分钟，把榨好的菠菜汁倒入果汁杯中，挤入柠檬汁即可。

提　　示：菠菜也可以直接榨汁，菠菜含有维生素C、胡萝卜素、氨基酸及铁等，营业价值很高，常饮此果汁可以调节身体机能，减少身体疲劳。

25 菠菜牛奶汁

原　　料：西红柿100克，蜂蜜5克，芹菜50克，冰块2粒，柠檬1/3，矿泉水50克。

制作方法：（1）将西红柿用开水烫片刻，撕去表皮，切成均匀的块状，芹菜清洗干净切成段状。

（2）将西红柿块、芹菜段、蜂蜜、冰块、矿泉水一起放入榨汁机中，然后开启榨汁机5分钟。将榨好的蔬菜汁倒入果汁杯中，挤入柠檬汁即可。

提　　示：生芹菜榨汁会有一种特殊的味道，柠檬的清香、西红柿的酸甜，可以适当地调节芹菜汁的口味。也可以煮熟过凉后榨汁，味道会更好一些。

26 芹菜西红柿汁

原　　料：胡萝卜150克，红提20克，冰糖10克，冰块2粒，冰矿泉水50克。

制作方法：（1）将胡萝卜、红提清洗干净，把胡萝卜切成均匀小块。

（2）把胡萝卜块、红提、冰糖、冰块、冰矿泉水一起放入榨汁机中，然后开启榨汁机5分钟，将榨好的胡萝卜汁倒入杯中即可。

提　　示：胡萝卜含有胡萝卜素及糖分，人体吸收后可以转换成维生素A，可以消除眼睛疲劳、改善贫血、防止肌肤粗糙。

27 胡萝卜汁

原　　料：苹果100克，柠檬1/3个，白兰地10克，蜂蜜5克，蛋黄1个，矿泉水30克。

制作方法：（1）将苹果清洗干净，然后去皮、去核，切成均匀块状。

（2）把苹果块、蛋黄、白兰地、蜂蜜、矿泉水一起放入榨汁机中，然后在开启榨汁机5分钟后，把榨好的果汁倒入杯中加入柠檬汁即可。

提　　示：

蛋黄含有蛋白质、脂肪、钙、磷、铁和维生素等，营养丰富，适于人体缺乏矿物质者食用。

28 苹果蛋烈酒

原　　料：生菜50克，苹果50克，番茄1/2个，蜂蜜5克，柠檬1/2个，矿泉水50克。

制作方法：（1）将生菜、苹果、番茄清洗干净，用开水把番茄烫片刻撕去表皮，苹果去皮、去核，再把这三种原料切成均匀的块状。

（2）将切好的生菜、番茄、苹果块及蜂蜜、冰块、矿泉水一起放入榨汁机中，然后开启榨汁机5分钟，把榨好的蔬果汁倒入杯中，挤入柠檬汁即可。

提　　示：对一些偏食的人们可以经常饮用此果汁，能提供丰富的营养成分。

29 生菜混合汁

原　　料：南瓜100克，蜂蜜10克，牛奶50克，柠檬1/3个。

制作方法：（1）先将南瓜清洗干净，去皮、去籽切成块状，上笼蒸熟待用。

（2）将柠檬挤出汁同熟南瓜块、蜂蜜、牛奶一起放入榨汁机中，开启榨汁机5分钟，将榨好的南瓜汁倒入杯中即可。

提　　示：

南瓜汁中含有维生素、胡萝卜素，牛奶富含蛋白质等，对高血压患者有很大的帮助。热饮此果汁更佳。

30 南瓜牛奶汁

原　　料：芫茜50克，苹果30克，牛奶50克，冰糖5克，冰块2粒。

制作方法：（1）将芫茜清洗干净切成小段，苹果清洗干净，去皮、去核切成均匀的块状。

（2）将芫茜段、苹果块、牛奶、冰糖一起放入榨汁机中，开启榨汁机5分钟，把榨好的果汁倒入杯中，加入冰块，用西红柿装饰即可。

提　　示：此果蔬汁含有钙、铁及维生素A、胡萝卜素，口感香甜味美，常饮此果蔬汁有缓和眼睛疲劳作用。

芫茜又名芫荽，民间俗称香菜。具有芳香健胃，祛风解毒之功，能解表治感冒，具有利肠利尿功能，促进血液循环。

31 芫茜苹果汁

原　　料：橙子100克，菜花50克，蜂蜜15克，矿泉水50克，冰块2粒。

制作方法：（1）将橙子、菜花清洗干净，橙子去皮，把果肉切成块，菜花切去根部，将菜花掰成小块。

（2）把橙子、菜花、蜂蜜、矿泉水一起放入榨汁机中，开启榨汁机5分钟，将榨好的果汁倒入杯中，加入冰块即可。

提　　示：此果汁口感鲜美，清凉爽口，含有维生素A、维生素B_1、维生素B_2、钙及铁等营养物质，饮用此果汁身体容易吸收更多营养成分。

32　橙子菜花汁

原　　料：荷兰芹20克，芹菜50克，苹果50克，柠檬1/3个，冰糖10克，矿泉水50克。

制作方法：（1）先将荷兰芹、芹菜、苹果清洗干净，荷兰芹、芹菜切成条形，苹果去皮、去核、切成块状。

（2）把荷兰芹条、芹菜条、苹果块、冰糖、矿泉水一起放入榨汁机中，开启榨汁机5分钟，将榨好的果蔬汁倒入杯中，挤入柠檬汁即可。

提　　示：

荷兰芹（又名西芹、欧芹，18世纪自荷兰传入国内）；芹菜（又名旱芹、香芹，在我国栽种已有两千年历史）有一种特殊的腥味，结合苹果及柠檬的清香，果蔬汁的口感会柔和，味道也更加鲜美。

33

荷兰芹苹果汁

原　　料：香蕉50克，砂糖5克，蛋黄1个，冰块2粒，牛奶30克。

制作方法：（1）将香蕉去皮切成块状，防止香蕉氧化变黑，先在香蕉块上
　　　　　　挤上柠檬汁。

　　　　　（2）把香蕉块、蛋黄、牛奶、砂糖一起放入榨汁机中，开启榨
　　　　　　汁机5分钟，将榨好的奶昔汁倒入杯中，加入冰块即可。

提　　示：
此奶昔营养丰富，
且对于便秘患者有
一定的功效。

34 香蕉奶昔

原　　料：木瓜100克，柠檬1/2个，蜂蜜10克，冰块2粒，矿泉水30克。

制作方法：（1）将木瓜一分为二去籽、去皮，切成均匀的块状。

　　　　　（2）将木瓜块、蜂蜜、冰块、矿泉水一起放入榨汁机中，然后

开启榨汁机5分钟，把榨好的果汁倒入杯中，挤入柠檬汁即可。

提　　示：
木瓜可以促进人体肌肤新陈代谢，对女士有着美容功效。

35 木瓜汁

原　　料：南瓜100克，苹果20克，蜂蜜5克，开水50克。

制作方法：（1）先将南瓜、苹果去皮、去籽，切成块状上茏蒸熟。

（2）将熟南瓜、苹果、蜂蜜、热开水一起放入榨汁机中，开启

榨汁机5分钟，将榨好的南瓜汁倒入杯中即可。

提　　示：

南瓜汁热饮更佳。

南瓜含有维生素、

胡萝卜素，能促进

身体的新陈代谢，

有降低血压功效。

36 南瓜汁

原　　料：无花果100克，柚肉50克，蜂蜜10克，冰块2粒，矿泉水50克。

制作方法：（1）将干的无花果先提前泡开，清洗干净，切成两半。

（2）将切好的无花果和柚肉、蜂蜜、适量的矿泉水一起放入榨汁机中，开启榨汁机5分钟，将榨好的果汁倒入杯中，加入冰块即可。

提　　示：
无花果是一种水果，含有很多矿物质以及淀粉酶、酯酶等，有帮助肠胃消化作用。

37 无花果蜜汁

原　　　料：苹果50克，苏打汽水50克，柠檬1/3个，蜂蜜5克，冰块2粒。

制作方法：（1）把苹果清洗干净去皮、去核再切成均匀的块状。

（2）将苹果块放进隔渣的榨汁杯中，加入汽水、蜂蜜，开启榨汁机5分钟，把榨好的果汁倒入杯中，放入冰块，用胡萝卜切成片在杯口加以点缀即可。

提　　　示：

本品用苏打水或苏打汽水均可。苹果汁透明、自然，令人心旷神怡；清凉的汽水使人神清气爽，精神为之一振，心情也随之开朗。

38　苹果苏打水

原　　料：草莓100克，雪梨30克，冰糖5克，柠檬1/3个，矿泉水50克。

制作方法：（1）先把草莓清洗干净，去草莓的叶及蒂部，雪梨去皮、去核，再切成均匀的块状。

（2）把草莓、雪梨、冰糖和适量的矿泉水一起放入榨汁机中，开启榨汁机5分钟，把榨好果汁倒入杯中，挤入柠檬汁即可。

提　　示：草莓没有太多的甜味，可以根据个人的口味调节加入冰糖的多少。

39 草莓汁

原　　料：草莓100克，优酸乳50克，蜂蜜10克，冰块2粒。

制作方法：（1）先将草莓去蒂清洗干净。

（2）把干净的草莓、优酸乳、蜂蜜一起放入榨汁机中，开启榨

汁机5分钟，将榨好的果汁倒入杯中，加入冰块即可。

提　　示：
草莓含有维生素
C，优酸乳含有优
质的蛋白质、钙、
维生素等，是食欲
不振的营养补品。

40 草莓优酸乳

原　　料：胡萝卜100克，提子20克，蜂蜜5克，冰块2粒，矿泉水50克。

制作方法：（1）胡萝卜清洗干净，切成均匀的块状，提子清洗干净去蒂。

（2）将胡萝卜块，提子、蜂蜜与适量的矿泉水一起放入榨汁机中，开启榨汁机5分钟，把榨好的果汁倒入杯中，加入冰块即可。

提　　示：胡萝卜榨汁时可以采用去渣或直接榨汁两种方式，含有蛋白质、脂肪、糖类、胡萝卜素、维生素C及矿物质。混合柠檬的清香，入口清爽，有健脾和胃、补肝明目、清热解毒功效。

41 柠檬胡萝卜汁

原　　料：杨桃100克，柠檬1/3个，雪梨20克，冰块2粒，冰糖5克，矿泉水50克。

制作方法：（1）先将杨桃、雪梨清洗干净，杨桃切去杨桃的棱角线，再切成片。雪梨去皮、去核，切成块状。

（2）将杨桃片、雪梨块、冰糖、冰块、矿泉水一起放入榨汁机中，开启榨汁机5分钟，把榨好的果汁倒入杯中，挤入柠檬汁，用胡萝卜片装饰即可。

提　　示：选用颜色金黄成熟的杨桃，榨出的果汁水分多，味道清香，没有酸味。没有成熟的杨桃用盐水泡片刻可以减轻酸味。

42 杨桃汁

原　　料：苹果50克，芦荟30克，矿泉水50克，蜂蜜5克，白醋5克，柠檬1/2个，冰块2粒。

制作方法：（1）先将苹果洗净去皮、去核，切成块状，把芦荟去皮，留出芦荟的肉质，再切成条状，用醋加适量的清水泡5分钟除去黏液。

（2）将苹果块、芦荟条、蜂蜜、冰块与矿泉水一起放入榨汁机中，开启榨汁机5分钟，把榨好的芦荟汁倒入杯中挤入柠檬汁即可。

提　　示：芦荟可以用水煮熟后榨汁或直接榨汁。芦荟味感苦涩，结合苹果一起榨汁，口感清香甘甜。芦荟有杀菌、美容的效果。

43　芦荟苹果汁

原　　料：杨桃100克，草莓50克，柠檬1/2个，冰糖5克，冰块2粒，矿泉水50克。

制作方法：（1）先将杨桃、草莓清洗干净，杨桃切去棱角线，切成片，草莓去蒂。

（2）将杨桃片、草莓、冰糖、冰块和矿泉水一起放入榨汁机中，开启榨汁机5分钟，把榨好的杨桃汁倒入杯中，挤入柠檬汁，用西红柿片装饰即可。

提　　示：
杨桃的清香和草莓的甘甜混合在一起，口味清淡爽口、酸甜适中，有清热解渴作用。

44 杨桃草莓汁

原　　料：西红柿100克，优酸乳50克，冰糖5克，冰块2粒。

制作方法：（1）将西红柿洗净，用开水烫片刻，剥去西红柿表皮，再切成
块状。

（2）把西红柿块、优酸乳、冰糖和冰块一起放入榨汁机中，开
启榨汁机5分钟，将榨好的果汁倒入杯中即可。

提　　示：
西红柿含有维生
素A、维生素B，
结合优酸乳含有
蛋白质、钙等，
营养丰富，酸甜
适中，老少皆宜。

45 西红柿优酸乳

原　　料：苹果50克，无花果30克，柠檬1/3个，蜂蜜5克，冰块2粒，矿泉水50克。

制作方法：（1）先将无花果用水提前2小时泡开，苹果洗净去皮、去核，切成均匀的块状。

（2）将泡好的无花果、苹果块、蜂蜜、矿泉水、冰块一起放入榨汁机中，开启榨汁机5分钟，将榨好的果汁倒入杯中，挤入柠檬汁，用小西红柿片装饰即可。

提　　示：
此果汁可以帮助肠胃消化，还有解酒功效。

46 苹果无花果汁

原　　料：西红柿50克，柠檬1/2个，汽水5克，冰块2粒。

制作方法：（1）将西红柿用开水烫片刻，剥去表皮，苹果洗净去皮，去核，切成块状。

（2）把切好的西红柿块、苹果块、汽水、冰块一起放入榨汁机中，开启榨汁机5分钟，将榨好的果汁倒入杯中，然后再挤入柠檬汁即可。

 提　　示：此果汁将汽水的碳酸口味与西红柿的酸甜及柠檬的清香结合，入口清爽，酸甜适宜，喝后会有神清气爽感觉。

 西红柿柠檬苏打水

原　　　料：苹果100克，葡萄30克，柠檬1/3个，冰块1粒，矿泉水50克。

制作方法：（1）将苹果洗净去皮，去核，然后再切成块状，葡萄洗净，去蒂。

（2）将苹果块、葡萄、冰块、矿泉水一起放入榨汁机中，再开启榨汁机5分钟，把榨好的果汁倒入杯中，然后挤入柠檬即可。

提　　　示：
此果汁味道甜美可口，富含矿物质，缺钙者可以经常饮用。

48 苹果葡萄汁

原　　料：生菜100克，草莓50克，苹果1/2个，蜂蜜5克，柠檬1/3个，矿泉水50克。

制作方法：（1）把生菜、草莓、苹果清洗干净，生菜切成块状，苹果去皮，去核切块。

（2）将生菜块、苹果块、草莓、蜂蜜、矿泉水一起放入榨汁机中，开启榨汁机5分钟。把榨好的果汁倒加入果汁杯中，挤入柠檬汁即可。

提　　示：生菜有一种特别的青气，有些人不太适应那种味道，与多种水果一起榨汁，可调节味道，营养也很丰富。

49 生菜草莓汁

原　　料：牛奶50克，蛋黄1个，砂糖5克。

制作方法：（1）将牛奶倒入干净的锅中加热。

　　　　　（2）把加热的牛奶倒入榨汁机中，加入蛋黄、砂糖，开启榨汁

机3分钟，将榨好的牛奶汁倒入杯中，用杨桃片装饰即可。

提　　示：

此款牛奶汁适合
早餐饮用，牛奶、
蛋黄多含蛋白质、
钙、磷、铁等，
营养丰富，容易
吸收。

50　热蛋牛奶汁

原　　料：鲜橙子100克，蛋黄1个，柠檬1/3个，蜂蜜5克，开水50克。

制作方法：（1）先将橙子清洗干净，去皮，把橙子肉切成块，把柠檬挤出汁待用。

（2）将热开水倒入榨汁机中放入蛋黄、蜂蜜榨2分钟，然后加入橙子、柠檬汁继续榨5分钟，将榨好的橙汁倒入杯中，用小西红柿片装饰即可。

特　　点：本品味道非常鲜美，营养丰富，一般多为早餐热饮为佳。

51 橙子蛋黄汁

原　　料：红提50克，苏打汽水50克，柠檬1/2个，冰糖5克，冰块2粒。

制作方法：（1）先将红提清洗干净，去蒂，柠檬挤出汁液待用。

　　　　　（2）将红提、柠檬汁、苏打汽水、冰糖一起放入榨汁机中，开启榨汁机5分钟，将榨好的果汁倒入杯中，加入冰块，用小西红柿片点缀即可。

提　　示：
此果汁不但有汽水的口感，而且还有鲜果的清香，可以提供丰富的营养成分。

提　　示：
本品用苏打水、苏打汽水均可。

52　红提苏打水

原　　料：番薯100克，胡萝卜30克，冰块2粒，柠檬1/3个，蜂蜜10克，矿泉水50克。

制作方法：（1）将番薯、胡萝卜清洗干净，切成均匀的大小块状。

（2）把切好的番薯块、胡萝卜块、蜂蜜，冰块一起放入榨汁机中，开启榨汁机5分钟，将榨好的番薯汁倒入杯中挤入柠檬汁即可。

提　　示：番薯及胡萝卜肉质粗、渣多，榨汁时可以采用去渣式榨汁，那样口感会更好一些，直接榨汁喝时要不停地搅拌番薯汁，时间久会出现沉淀现象。

53 番薯蜜汁

原　　料：雪梨100克，紫苏5片，蜂蜜5克，柠檬1/3个，开水50克。

制作方法：（1）先将雪梨清洗干净去皮、去核，切成块状，紫苏叶清洗干净切成块状，用锅煮熟待用。

（2）把雪梨块，紫苏叶、蜂蜜、冰块、开水一起放入榨汁机中，开启榨汁机5分钟，将榨好的果汁倒入杯中，挤入柠檬汁即可。

提　　示：
此果汁热饮可以促进身体发汗，暖胃养脾，有帮助胃肠蠕动作用。

54 雪梨紫苏汁

原　　料：西红柿100克，蜂蜜5克，菠萝50克，冰块2粒。

制作方法：（1）将西红柿洗净，用开水烫片刻剥去表皮，切成块状。

（2）把菠萝洗净去皮，留菠萝肉切成厚片状，用盐水泡片刻。

（3）把切好的西红柿、菠萝块、蜂蜜一起放入榨汁机中，开启榨汁机5分钟，把榨好的果汁倒入杯中加入冰块即可。

提　　示：
此果汁含有大量的维生素，营养丰富，果汁清香，酸甜适中。

55 西红柿菠萝汁

原　　料：菜花50克，柚肉30克，蜂蜜5克，牛奶50克。

制作方法：（1）将菜花清洗干净去根部，把菜花切成块状，把柚肉去掉表面皮层掰成小块。

（2）把切好的菜花、柚肉、牛奶、蜂蜜一起放入榨汁机中，开启榨汁机5分钟，把榨好的菜花汁倒入杯中加入冰块即可。

提　　示：

此果汁含有丰富的维生素、蛋白质、矿物质、钙、铁等，口感鲜美，清凉爽口。

56 菜花甘柚汁

原　　料：黄豆50克，牛奶50克，橙子30克，冰糖5克。

制作方法：（1）先将黄豆提前半天用水泡开，然后放入榨汁机中，开启榨
汁机5分钟，将榨好的豆浆倒入锅中煮开。橙子洗净，去皮留
肉再切成块状。

（2）将煮好豆浆、橙肉块，牛奶、冰糖一起放入榨汁机中，然
后开启榨汁机5分钟，把榨好豆浆果汁倒入杯中即可。

提　　示：
此果汁改善以往豆
浆的做法，结合
橙汁及奶昔一起榨
汁，不但口感好，
营养成分也有所增
加。一般多适于早
餐食用。

57 豆浆橙汁奶昔

原　　料：青椒30克，冰糖5克，胡萝卜30克，苹果30克，冰块2粒，矿泉水50克。

制作方法：（1）将苹果、胡萝卜、青椒清洗干净，苹果去皮，去核，切成块状；胡萝卜去皮切成块；青椒去粒切块。

（2）把切好的苹果、青椒、胡萝卜块、冰糖、冰块、矿泉水一起放入榨汁机中，开启榨汁机5分钟，将榨好的果蔬汁倒入杯中用胡萝卜片点缀即可。

提　　示：
青椒与苹果结合榨汁，可以起到营养互补作用，更利于身体吸收。

58 青椒苹果汁

原　　料：南瓜100克，牛奶50克，芝麻10克，蜂蜜5克。

制作方法：（1）先将南瓜去皮，去籽，清洗干净，然后切成块用锅蒸熟。芝麻用锅炒熟，炒香后晾凉。

（2）将熟南瓜块、牛奶、熟芝麻、蜂蜜一起放入榨汁机中，开启榨汁机5分钟，将榨好的南瓜汁倒入杯中，用橙皮点缀即可。

提　　示：此南瓜汁热饮为佳，芝麻含有大量的脂肪及蛋白质、钙、铁、维生素B等，同南瓜结合榨汁，口味香浓、营养丰富、老少皆宜。

59 南瓜芝麻牛奶汁

原　　料：胡萝卜10克，红提50克，柠檬1/3个，蜂蜜5克，冰块2粒，矿泉水50克。

制作方法：（1）将胡萝卜清洗干净，去皮，切成均匀的小块。红提去蒂清洗干净。

（2）将胡萝卜块、红提、蜂蜜、冰块、矿泉水一起放入榨汁机中，开启榨汁机5分钟，将榨好的果蔬汁倒入杯中，挤入柠檬汁，用绿樱桃点缀即可。

提　　示：此果蔬汁有健脾和胃、补肝明目、清热解毒、壮阳补肾、降气止咳等功效。

60 红提胡萝卜汁

原　　料：胡萝卜100克，番茄50克，冰糖5克，柠檬1/2个。

制作方法：（1）先将胡萝卜清洗干净，去皮切成均匀的小块。番茄用开水烫片刻，剥去表皮再切成块。然后用锅煮10分钟将胡萝卜、番茄煮熟待用。

（2）把熟胡萝卜、番茄块、冰糖一起放入榨汁机中，开启榨汁机10分钟，把榨好的胡萝卜汁倒入杯中，挤入柠檬汁即可。

提　　示：

此款热饮为佳，胡萝卜汁有些浓度，吃时可以配以小勺，也可以加些开水调稀饮用。

61 胡萝卜番茄汁

原　　料：菠菜100克，青苹果1个，冰糖5克，冰块2粒，矿泉水30克。

制作方法：（1）先将菠菜清洗干净，切段，用锅煮熟晾凉。青苹果去皮，
去核，切成均匀的块状。

（2）把菠菜段、青苹果块、冰糖、冰块、矿泉水一起放入榨汁
机，开启榨汁机10分钟，把榨好的菠菜汁倒入盛杯中，用胡萝
卜片点缀即可。

提　　示：
菠菜有一种特别的
味，结合青苹果的
香甜，清凉爽口，
可以热饮或加适量
的盐。菠菜汁可以
补钙、铁。

62 菠菜青苹果汁

原　　料：香蕉50克，牛奶50克，冰糖5克。

制作方法：（1）先把香蕉去皮，切成小段，将牛奶加热。

　　　　　（2）将香蕉同热牛奶、冰糖一起榨汁，盛入杯中，加点缀。

提　　示：此款果汁适合热饮。最好不要空腹饮用，因此不宜单独作为早餐饮用。对便秘者有益。

63 香蕉牛奶汁

原　　　料：香蕉100克，蛋黄1个，冰糖5克，开水50克。

制作方法：（1）先将香蕉去皮，然后再切成段状，鸡蛋煮熟去蛋白，留出蛋黄。

　　　　　　（2）将香蕉段、蛋黄、冰糖、开水一起放入榨汁机中，开启榨汁机5分钟，把榨好的果汁倒入杯中即可。

 提　　　示：

根据个人口味，也可以选择生的蛋黄同香蕉一起榨汁，在早餐时搭配面包食用，营养更佳。

64 香蕉蛋黄汁

原　　料：马蹄100克，冰糖5克，牛奶50克，冰块2粒，柠檬1/3个。

制作方法：（1）先将马蹄清洗干净去皮，切成两半，柠檬挤出汁液。

（2）把切好的马蹄、牛奶、冰糖、冰块一起放入隔渣的榨汁机

中，开启榨汁机5分钟，将榨好的果汁倒入杯中加以点缀即可。

提　　示：
马蹄肉质粗，隔渣榨汁口感香甜，入口滑爽，营养丰富，容易吸收。

65 马蹄牛奶汁

原　　料：青瓜100克，柠檬1个，冰糖5克，冰块3粒，矿泉水50克。

制作方法：（1）先将青瓜清洗干净，一分为二，去掉青瓜的籽，再把青瓜
切成块，把柠檬挤出汁液待用。

（2）将青瓜块、冰糖、柠檬汁、矿泉水一起放入榨汁机，开启榨
汁机5分钟，把榨好的青瓜汁倒入杯中，用胡萝卜片点缀即可。

提　　示：
青瓜的味道大家
都很喜欢，配合
柠檬的清香，口
味更受欢迎，清
爽解渴、清热解
毒，有减肥、美
容、护肤之功效。

青瓜汁

原　　料：马蹄50克，鲜淮山50克，牛奶30克，冰糖5克，柠檬1/2个。

制作方法：（1）先将马蹄、鲜淮山去皮，清洗干净，将鲜淮山切成块状，同马蹄一起煮熟。

（2）把熟马蹄、淮山、牛奶、冰糖一起放入榨汁机中，开启榨汁机5分钟，将榨好的果蔬汁倒入杯中，挤入柠檬即可。

特　　点：此果蔬汁热饮为佳，有些糊状可以用小勺食用。浓度可以用牛奶调稀，也可以去渣榨汁，多加牛奶，果蔬汁的口感会更加爽口。

67　马蹄淮山汁

原　　料：香蕉50克，苹果20克，牛奶30克，柠檬1/2个，冰糖5克。

制作方法：（1）先将香蕉去皮切成段，苹果去皮、去核切成块状，把柠檬挤出汁待用。

（2）将香蕉段、苹果块、柠檬汁、牛奶、冰糖一起放入榨汁机中，开启榨汁机5分钟，将榨好的香蕉汁倒入杯中，装饰即可。

提　　示：此果汁中香蕉含有天然钾，可以抑制引发高血压、维持正常血压和心脏功能，具有抗忧郁、镇定、安眠之功效。

68 香蕉混合汁

原　　料：西瓜100克，柠檬1/2个，蜂蜜5克，冰块2粒。

制作方法：（1）先将西瓜去皮，切成均匀的大小块状，将柠檬挤出汁液。

　　　　　（2）把切好的西瓜块、柠檬汁、蜂蜜一起放入榨汁机中，开启

榨汁机5分钟，将榨好的西瓜倒入杯中，加些冰块即可。

提　　示：
西瓜汁一般都是现喝现榨，也可以提前两三个小时榨好，倒入盛器，加盖，放进冰箱，这样西瓜汁比加冰块的口感会更好。适于夏季多饮，清凉可口，清热解暑。

69 西瓜汁

原　　　料：奇异果100克，香芹30克，柠檬1/2个，蜂蜜5克，矿泉水50克。

制作方法：（1）将奇异果去皮后洗净，切成块状，香芹洗净切成段，柠檬

挤出汁待用。

（2）把奇异果、香芹段、柠檬汁、蜂蜜、矿泉水一起放入榨汁

机中，开启榨汁机5分钟，把榨好的果汁倒入杯中即可。

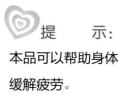

提　　　示：

本品可以帮助身体

缓解疲劳。

70　奇异果香芹汁

原　　料：橙子100克，冰糖5克，冰块3粒。

制作方法：（1）将橙子清洗干净，留出橙肉切成块状。

（2）把橙子、冰糖、冰块一起放入榨汁机中，开启榨汁机5分

钟，把榨好的橙汁倒入杯中即可。

提　　示：
橙汁中含有维生素B1、维生素B2、维生素C等多种营养成分，具有很强的抗氧化作用，对促进肌肤的新陈代谢、延缓衰老及抑制色素沉着有效。

71 鲜橙汁

原　　　料：奇异果50克，冰糖5克，牛奶30克，冰块2粒。

制作方法：（1）将奇异果去皮，洗净，切成均匀的小块。

（2）把奇异果块、牛奶、冰糖一起放入榨汁机中，开启榨汁机5分钟，把榨好的果汁倒入杯中，加入冰块即可。

提　　　示：奇异果性寒，容易引起腹泻，所以不宜多食。少数人对奇异果有过敏反应，特别是幼儿慎食。

72　奶香奇异果汁

原　　料：火龙果100克，牛奶50克，蜂蜜5克，冰块2粒。

制作方法：（1）将火龙果去皮切成均匀的块状。

　　　　　（2）把火龙果块、牛奶、蜂蜜一起放入榨汁机中，开启榨汁机5分钟，把榨好的果汁倒入杯中，加以点缀即可。

提　　示：经常饮用火龙果汁，能降血压、降血脂、润肺、解毒、养颜、明目，对便秘和糖尿病有辅助治疗的作用。

73 火龙果汁

原　　料：桑果50克，蜂蜜5克，葡萄30克，冰块3粒。

制作方法：（1）将桑果和葡萄清洗干净去蒂。

（2）把桑果、葡萄、蜂蜜一起放入榨汁机中，开启榨汁机5分

钟，把榨好的果汁倒入杯中，加入冰块，用草莓片点缀即可。

提　　示：
此果汁有滋阴补血，生津润燥功效。可以帮助治疗眩晕耳鸣，心悸失眠，须发早白，津伤口渴，内热消渴，肠燥便秘等症状。

34 桑果葡萄汁

原　　料：板栗100克，柠檬1/2个，雪梨50克，冰糖5克。

制作方法：（1）先把板栗一分为二，去壳，再去板栗仁上的表皮。雪梨去皮，去核切成块状。

（2）把板栗、雪梨、冰糖一起放入榨汁机中，开启榨汁机5分钟，把榨好的果汁倒入杯中，加入冰块，用草莓片点缀即可。

提　　示：此果汁含有多种维生素以及磷、钙、铁等各种矿物质，特别是维生素C、维生素B1和胡萝卜素等。

75 板栗雪梨汁

原　　料：菠萝100克，苹果50克，蜂蜜5克，冰块2粒，矿泉水30克。

制作方法：（1）先将菠萝清洗干净去皮，切成厚片，用盐水泡两三分钟。苹果洗净去皮、去籽，切成均匀的块状。

（2）将菠萝片、苹果块、蜂蜜、矿泉水一起放进榨汁机杯中，然后开启榨汁机5分钟，把榨好的菠萝汁倒入杯中，加入冰块即可。

提　　示：

此果汁有补益脾胃，生津止渴，润肠通便，利尿消肿，去脂减肥之功效，能分解蛋白质，有效地酸解脂肪，特别是能帮助人体对肉类蛋白质的消化。

76 菠萝苹果汁

原　　料：椰肉100克，冰糖5克，鲜奶50克，冰块3粒，柠檬1/4个。

制作方法：（1）先将新鲜的椰肉取出，清洗干净，切成均匀的块状，柠檬
挤出汁待用。

（2）把椰肉块、鲜奶、柠檬汁、冰糖一起放入榨汁机，开启榨
汁机5分钟，把榨好的果汁盛入杯中，加入冰块，然后再加以装
饰即可。

提　　示：
此果汁清凉可口，
避暑健胃。

77 奶香鲜椰汁

原　　料：芒果150克，柠檬1/3个，木瓜50克，冰糖5克。

制作方法：（1）先将芒果去皮、去核切成丁状，再将木瓜去皮、去籽，切
　　　　　　成均匀的块状，柠檬挤出汁待用。

　　　　　（2）将芒果丁、木瓜块、柠檬汁、冰糖一起放进榨汁机中，开
　　　　　　启榨汁机5分钟。

　　　　　（3）将榨好的果汁倒入杯中，用青枣切成片加以装饰即可。

提　　示：
此果汁有益胃、解
渴、止呕、止晕、
利尿、解毒、消
滞、止咳等功效。

38　芒果木瓜汁

原　　料：西瓜100克，蜂蜜5克，黄瓜50克，冰糖5克，冰块3粒。

制作方法：（1）先将西瓜切成均匀的块，黄瓜清洗干净，去籽，再切成均
　　　　　　　匀的块状。

　　　　　　（2）将西瓜块、黄瓜块、蜂蜜、冰糖，一起放入榨汁机中，开
　　　　　　　启榨汁机5分钟，把榨好的果汁倒入杯中，加入冰块即可。

提　　示：
西瓜与黄瓜混合榨
汁，改变果汁的口
感，增加黄瓜的清
香，清热解渴，有
减肥功效。

79 西瓜黄瓜汁

原　　料：哈密瓜150克，蜂蜜5克，冰块3粒，柠檬1/2个。

制作方法：（1）将哈密瓜去皮、去籽，切成均匀的块状。把柠檬挤出汁液。

（2）将哈密瓜块、蜂蜜、冰块、柠檬汁一起放入榨汁机中，开启榨汁机5分钟，把榨好的哈密瓜汁倒入果汁杯中，加入冰块即可。

提　　示：
此果汁清凉爽口，果香味浓，清热解渴，有利小便、除烦热、防暑气等作用。

80 哈密瓜汁

原　　料：黄瓜150克，哈密瓜50克，蜂蜜5克，冰块3粒，柠檬1/2个。

制作方法：（1）将黄瓜、哈密瓜清洗干净，去皮、去籽，同时切成均匀的块状。

（2）把柠檬挤出汁液与切好的黄瓜块、哈密瓜块及蜂蜜一起放入榨汁机中，开启榨汁机5分钟，将榨好的果汁倒入杯中，然后再用胡萝卜片点缀即可。

提　　示：此果蔬汁能促进排泄肠内毒素，降低血脂。黄瓜汁的黄瓜酶是很强的活性生物酶，能有效促进机体新陈代谢，促进血液循环，达到美容效果。

81 黄瓜汁

原　　料：提子100克，冰糖5克，哈密瓜50克，冰块3粒。

制作方法：（1）将提子清洗干净去蒂，哈密瓜去皮，去籽，切成均匀的大小块状。

（2）将哈密瓜块、提子、冰糖、冰块一起放入榨汁机，开启榨汁机5分钟，将榨好的果汁倒入杯中，然后再用樱桃在杯沿上点缀。

提　　示：

此果汁的原料都是营养价值很高的果品，特别是糖类含量很高，因此容易产内热，所以阴虚内热、津液亏损、便秘者不宜饮用。

82 提子哈密汁

原　　料：西瓜100克，胡萝卜50克，冰糖5克，柠檬1/3个，冰块2粒。

制作方法：（1）先将胡萝卜清洗干净去皮，切成均匀的块状，同时把西瓜也切成块。

（2）把胡萝卜块先榨2分钟，然后再将西瓜块、冰糖、冰块、柠檬汁一起榨3分钟，把榨好的西瓜汁倒入杯中即可。

提　　示：此果汁有清热解暑，除烦止渴，利小便等作用，对咽喉疼痛、口舌生疮、风火牙痛等有辅助治疗作用。

83 西瓜胡萝卜汁

原　　料：青苹果100克，冰糖5克，青瓜50克，冰块3粒，矿泉水50克。

制作方法：（1）先将青苹果去皮，去核，切成块状，再把青瓜去籽，切成块状。

（2）将青苹果块、青瓜块、冰糖、冰块、矿泉水一起放入榨汁机中，开启榨汁机5分钟，将榨好的果汁倒入果汁杯中，加以点缀即可。

提　　示：此果汁有补心益气、生津止渴、健胃及止泻功效。此外，具有减肥作用。

84 青苹果汁

原　　料：枇杷150克，哈密瓜5克，蜂蜜5克，冰块3粒，矿泉水50克。

制作方法：（1）先将枇杷，哈密瓜清洗干净去皮，去籽，切成均匀的大小块状。

（2）将枇杷、哈密瓜、蜂蜜、冰块、矿泉水一起放入榨汁机中，开启榨汁机5分钟，将榨好的果汁倒入果汁杯，加以点缀即可。

提　　示：

此果汁对肺热咳嗽、口干烦渴有一定的功效。

85 枇杷汁